我要做「Yo」Tuber

角色設計 江朗丞　　繪師 江苑盈　　作者 余麗嘉

作者　余麗嘉

Adventure of Creativity 創辦人及藝術總監
資深藝術教育家
畢業於香港教育大學主修音樂系
從事教育工作二十多年經驗
熱心推動藝術及創意教育

「YO 怪」角色設計者　江朗丞 Chester

我的興趣
喜歡跳舞、唱歌、繪畫創作，尤其是繪畫外星生物、電子遊戲角色等卡通漫畫。

我的夢想
長大後，我想成為 YouTuber（網路紅人），因為能夠搶先試玩網上新遊戲、分享新奇有趣的自創實驗和一些有關吃喝玩樂的好去處給大家。透過我的短片，帶給觀眾歡樂和欣賞我的作品。

我的威水史
2018 年全港彈網公開錦標賽　男子雙人同步（14 歲或以下）　季軍
第六屆凱港盃 2018 全港學界舞蹈音樂藝術節團體賽舞蹈　銀獎
兩地一心 113 動樂日 2019' 動樂 ' 舞蹈大賽小學組　冠軍
STARKIDS 全港兒童街舞公開賽 2019 群舞組甲級獎
2019 大埔體育會兒童體操比賽 9 歲以上組別 跳馬 冠軍

繪師　江苑盈

畢業於香港中文大學，主修藝術系。
自小熱愛藝術，喜歡有趣的事情，活潑的創作品。

作者序

如果子女很雀躍地向父母說：「我的志願是成為 YouTuber！」父母第一個反應會是什麼？

在八十年代，男孩子大多數會在「我的志願」中寫上自己長大後想當醫生、警察、消防員；而女孩子則是白衣天使、老師、空中小姐。生於這個電子科技年代的孩童，他們擁有自己的想法，有不少孩子長大後想當 YouTuber，對父母來說是一個很陌生的志願！也是個很有趣的現象！

隨著時代與科技不斷變遷，從前的跳飛機、彈波子、通山走走跳跳等玩意看似被平板電腦、智能手機遊戲取而代之。現時互聯網及應用程式的普及，人們日常的大小事務，都可以透過搜尋器解決。

因此，家長未必理解子女的想法，我們仍然停留在以往的價值觀，認為孩子接觸電子媒體只是浪費時間在玩樂中，難以想像他們成為 YouTuber 是甚麼回事！

激發我的靈感去創作這個故事，是來自設計書中主角「YO 怪」——江朗丞 Chester，他今年 10 歲，這個年紀的男孩子開始踏入青春期，擁有自己的主見及個性。有一天，他在我的工作室無意中談及他想成為 YouTuber，談話間，他眼神發亮，滿心歡喜，讓我深深感受到，原來這一代小朋友的學習方式與上一代有很大分別。故此，藉著 YO 怪遊歷網絡世界的故事，讓我們了解他們的想法。

近年來，有不少孩子向我說他們的志願是成為 YouTuber！起初聽起來感到莫名奇妙，但現在我認為，不論他們的夢想是甚麼，只需陪伴孩子追夢便可。有時候作為父母及師長們未必認同他們的想法，但我們可以成為他們的「啦啦隊」，只管為他們打氣，保持正向和開放的態度，肯定孩子「走自己的路」。

推薦序

　　天生我材必有用，只要每個人找到自己與生俱來、獨一無二的天賦，再加上勤加練習和累積經驗，一定可以成為某個範疇的第一。對於有些人來說，創意便是他們的天賦。當今世界的高科技創新，許多都是由年青人的天馬行空的想法而來的。

　　很可惜，這些兒童的創意，並不符合許多家長或傳統教育的成功準則，許多家長或老師出於好心的勸勉，卻扼殺了許多兒童的創意。與此同時，隨着人工智能和自動化科技的發展，傳統教育製造出來的佼佼者，反而未必能夠適應未來的社會需求。

　　江朗丞小朋友有夢想，我們應給予他們無限的支持和更多的空間去發揮，放下自己固有的準則，由他們的角度去看他們的世界，我相信會發現有許多值得我們大人去學習的東西。

張志雲
智富學苑創辦人

『魔搏星中央通訊社……我是 YO 怪，請接收我的信號！

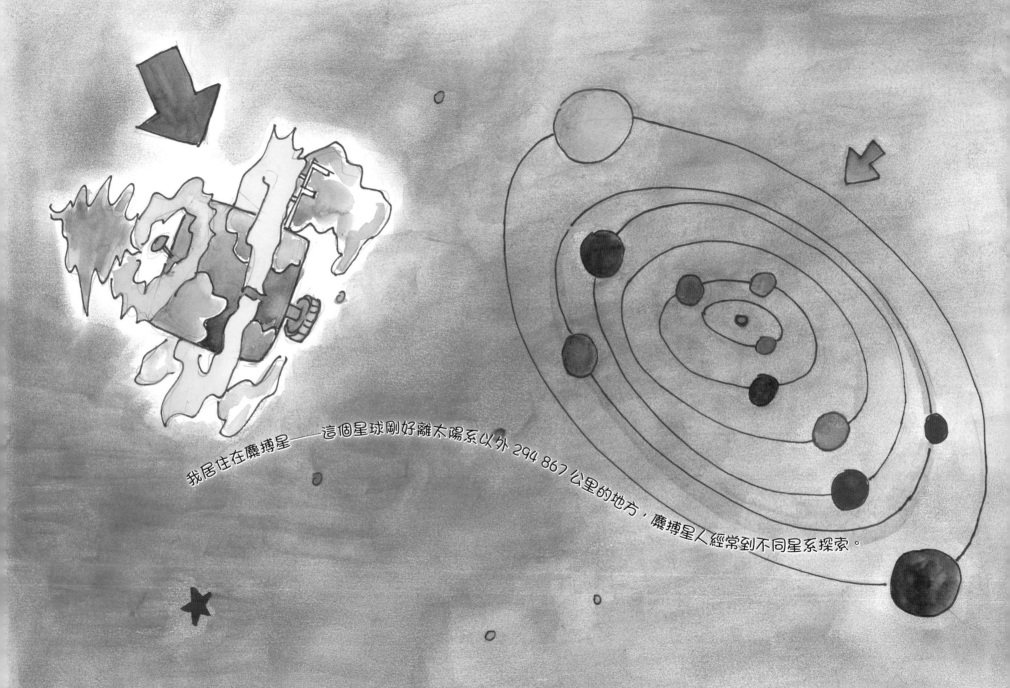

我居住在麋搏星——這個星球剛好離太陽系以外 294 867 公里的地方，麋搏星人經常到不同星系探索。

2月

八	一	二	三	四	五	六	七
			1	2	3	4	5
6	7	8	9	10	11	12	13
14	15	16	17	18	19	20	21
22	23	24	25	26	27	28	29
30	31	32	33	34	35	36	37
38	39	40					

DOWNLOADING

DOWNLOADING

在我的星球，一星期有八天，逢星期八是「大眾抄襲」日。

麋搏星人義務輪流到外太空遨遊，然後將其他星球的新資訊帶回來複製並加以改良……

於是，我在上星期八參加了由 MYI 旅行社安排的 2019 地星「秒抄自由行」免簽證之旅。

今次的旅遊景點不是實景，而是「地星之網絡世界」！

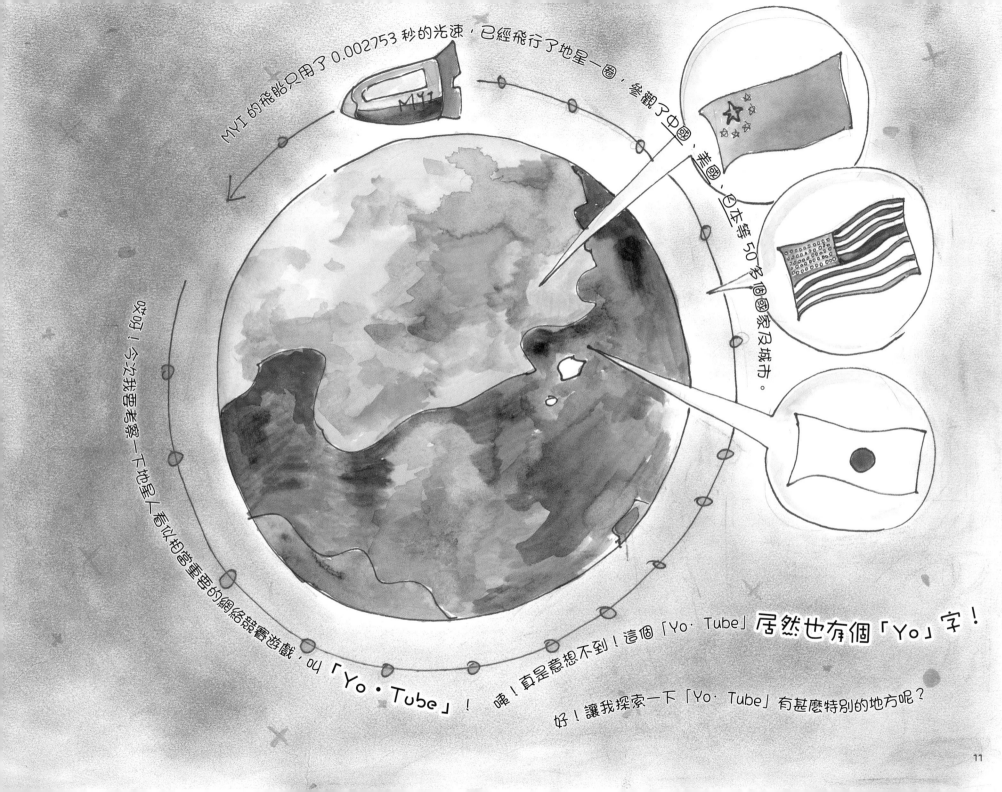

網絡點擊率：
觀看次數：58 693 653．3天前……
32 256 841次．6天前……
19 504 867．1個月前……
太誇張了！太誇張了！太誇張了！
我真的快要暈倒了！
點擊率：19504867
YO
不是吧！只不過是一首巨星的歌、貓咪逗笑玩耍、一些電玩策略分享……就已經有如此驚人的點擊數字！！

我真的不敢相信！

天啊！放過我吧！真頭癢！

沒理由！沒理由……真的沒理由！

點擊率：3275 63841

點擊率：5869 3653

3:22

38:51

在我的星球裏，從來沒有發生如此離奇的事情！到底這些東西是甚麼來的？

13

地星人除了擁有自己
原本的國籍外，還有
一個隱世身分，他們
的數目還超級多——
他們不分年齡、性別、
種族、愛好、潮流
……

YoᐧTube

他們由兩三歲起至
老年人，都自稱為
「Yo • Tuber」呢！

每日都有乘千上
萬的人加入這個
「Yo‧Tuber」的行
列！

真奇怪！我的星球從來
沒有舉辦過如此大型的
活動，男女老幼一起參
加這個盛事！

15

這些擁有隱世身分的 Yo • Tuber，他們日以繼夜，夜以繼日地……

上載

分享

下載

上載、上載、上載……分享、分享、分享……下載、下載、下載……點擊、點擊、點擊……拍片、拍片、拍片……

上載、上載、上載……分享、分享、分享……下載、下載、下載……點擊、點擊、點擊……拍片、拍片、拍片……

YO！YO！YO！話說回來，我叫 YO 怪！
我的星球是以「腦電波」傳遞訊息！不用説話來溝通的。

我們的資訊萬變，亦能超越地區的限制，同時能在瞬間讀取別人腦袋的意念。

我比起人類，我多了兩隻手。其中兩隻手分別在腰間和盔甲的兩旁，

身上隱藏著各式各樣的工具，四隻手能在同一時間將電子工具取出。

盔甲的左上方有一隻耳朵，而右邊有一個播音器。

我周身都是超強多功能肌肉發射站，內置龐大記憶體，可以隨時隨地同步將資料傳送到任何地方。

而頭上四束頭髮亦能夠與魔搏星自動連線源源不絕的訊號。

我還擁有一顆長方形紅外線攝影的眼睛，而眼睛最厲害的功能是能夠看到未來的事物，可以隨時回到從前和未來的。

我的腳跟有極速滾軸，有助我無聲無息地配合眼睛，多角度拍攝現場的過程。

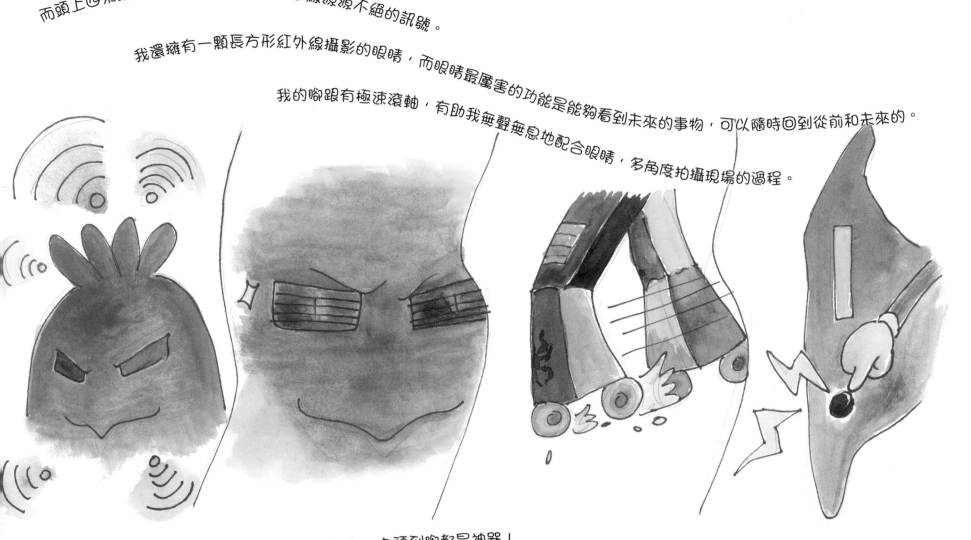

別看我外型酷似「巴斯光」，比起巴斯光，由頭到腳都是神器！

只要我按一下盔甲右邊紅色的按鈕，便能以光速在互聯網自由探索！

我的裝備對地星人來說簡直是千奇百趣！

究竟 Yo・Tube 有甚麼地方令人著迷？我感到無比的好奇！

20

Yo·Tube

我 YO 怪到此一遊，就拍下一些偉大的短片送給地星人看，我也要代表魔搏星做個最多點擊的超級 Yo·Tuber！

我身上的神器一定會助我一臂之力的！！

Yo·Tube

讓我按一下紅色的按鈕，以 0.00298564 秒的光速進入了「Yo·Tube」世界去看過究竟⋯⋯

「難聽走音王、高速笨豬跳、V 嘩鬼叫得啖笑、BB 話 BOBOBO 分享、貓咪咬臭腳、纖體美容奇趣錄、嚇一跳呱呱叫、

……手指玩滑板、超級搞笑鬼口水、自製陷阱、打破手機屏幕、小動物學坐馬桶……

……大小秘密分享、個人特異功能、韓劇韓舞韓音樂、食麵奇觀、網路打手板、帶隻雀仔跌落水、神童七十二項技能表演、

醜女瞬間變美大放送、車廂對付大壞蛋、實地記者分享、同學們一起作曲跳舞、自拍心得……

為了增加點擊率，地星人都各施各法、日思夜想地分享各種不同的主題，

希望自己的短片在網絡世界中能迅速賺取金錢、成名，他日前途無量！

綜合我的觀察發現，原來要成為點擊率高的用戶，有很多的途徑：
要有一大群追蹤者、短片一炮而紅、自己是一位公眾人物、經常上載短片分享、內容要質素高、誇張、搞笑、無厘頭、縮時攝影、
獲廣告商支持、被 Yo•Tube 邀請合作⋯⋯擁有以上條件越多，越大機會有更高的點擊率。

地星人從來未見過我奇特的外貌，好！為了吸引更多人點擊，我以自己超酷的形象做用戶者標誌及取名為 Mr. YO！

我選擇了一個叫「東方之珠」的地方取材，首先要找一些點子去做試驗，一定要讓人們感到不可思議的事情，看看地星人有甚麼反應……
起初，我放了幾段短片：

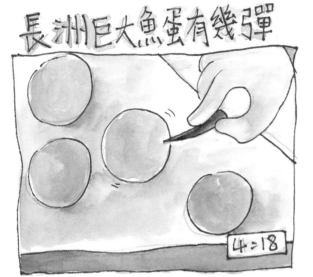

長洲巨大魚蛋有幾彈、

「東方之珠」的排隊文化和

同學課外活動忙過上班。

可惜不太吸引，只有數千個觀看次數。

（都不錯吧！應該是我的外貌吸引人吧！）

我沒有放棄，仍然到處找可以分享的話題。

我發現原來每一位 Yo ● Tuber 會先給自己定立一個訂閱主題，我認為應該改變一下策略……

當我在街上構思短片內容的時候，有一名正在放學回家的小學生迎面而來，把我撞倒在地上，他居然完全沒有反應，繼續上路，全神貫注地挽著自己的手機！好像剛才完全沒有發生甚麼事情一樣！

我靈機一動，想出了一些點子……

撞

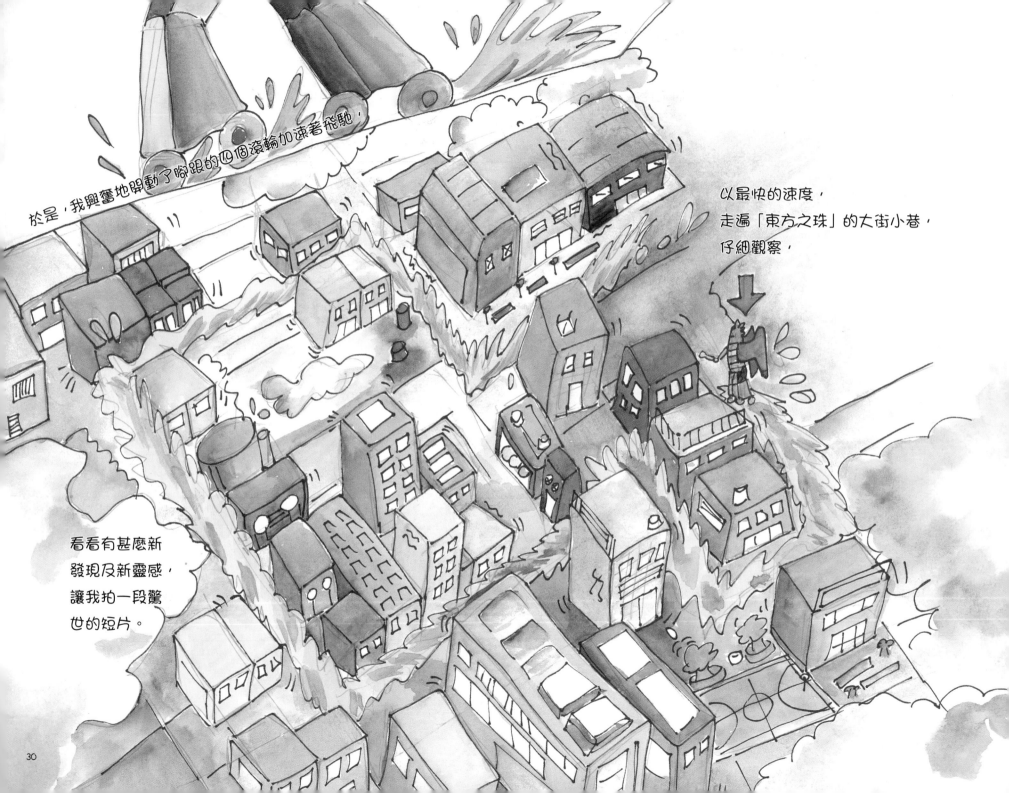

我發現在不同的地方，人們都拿着智能手機做「低頭族」，他們一旦發現自己外出時忘記帶智能手機，便有一種莫名的恐懼感和不安！

他們會不惜一切，離開自己的工作崗位、冒着上班會遲到的風險，務必要回到家裏，尋找自己的「靈魂」為止。

人們說這是「手機成癮」，而我卻有另一種看法，因此，令我想到下一條短片的念頭：

短片：

快鏡、自學、拍片、娛樂、玩電玩遊戲、計數、電話聯絡、閱讀、唱歌、畫畫、錄音、文字記錄、日記、照鏡、查字典、溫習、上社交媒體、相簿、天氣、新聞、日曆、備忘錄、買賣股票、翻譯、電影、電子奶嘴、付款過數、電子書、掃瞄器、電郵、檢查健康、聽音樂、指南針、電子通訊錄、尋找朋友、時鐘、地圖、導航、上瀏覽網站、蒐集資料、鬧鐘、計時、廣告、尋找失蹤人士、電台收音機、CCTV、匯率、文書處理、航班查詢、世界時鐘、作曲、產品買賣、打卡、戲院預售、信用卡簽帳、查詢公司、課堂學習、做實地記者、做功課、偷拍、運動記錄、鍵盤俠、交稅、醫療保險、裝修量度……

現今的智能手機，的確能上天下海，甚至足不出戶能知天下事！

謝謝收看，歡迎分享及訂閱！

4:31

4:31

觀看次數：847401 (1天) 13683 次分享

留言 (390個)

Young ma

我個仔日日機不離手，好嚴重！

小兄弟

我亞媽──今天 97 歲都日
日玩手機啦……

無聊怪

一出生就要擁有一部……

寶3541

手機萬歲！

K
Karmen 123

Wow！真是智能時代！

M
Mkkkl342

我亞爸成日話要沒收我個手機，因
為佢話我一攞住手機就聽唔到嘢！

我 Yo 怪的回應：

人類是否手機成癮？很視乎個
人的使用取向與態度。哈哈！
在資訊爆發的世代，手機已是
生活的一部份，人們要有智慧
地使用手上的工具。

完成這條影片後，我隨即思索下一條短片內容，如何有更多的觀看次數呢？

我開始明白到那些 Yo • Tuber 廢枕忘餐的感受了！

Comments 391

Mr.Yo

👍19983

35

原來獲得別人的認同，確實有一種莫大的優越感！
令我有很大的推動力，驅使我很想繼續拍照片！

當我還沒有頭緒時，無意中走過「東方之珠」聞名的地方——補習社。

補習班各區林立，其數目遠遠超出便利店！

我看見一班正匆忙地做功課的小朋友，他們目無表情，要在限時內完成桌子上一本又一本的功課，感到無奈和非常吃力！

我看見其中一位小朋友手冊上寫着的功課清單：四份數學功課、三份英文及明天默書、三份中文、常識剪報、普通話工作紙……

功課疊得高高的，還有補習老師送上各項的補充練習和小測溫習！

（謝謝收看，歡迎分享及訂閱 —完—）

觀看次數：2 339 504 觀看（發佈後 10 分鐘）分享 45928 次

呀！點擊率不錯，最意想不到的，居然有很多人在不同媒介的討論區上成了熱話。

00:59

♡ Q ◁

☺ ◗◗ Liked by apple 123 and 597 others

Baby 721   這個太誇張了吧！小朋友很可憐呀！

happy 222   沒有時間休息？

Comments 8912

Mr. Add a public comment..

Cat 2K21 · 1 min ago

壓力太大了⋯⋯

是假象的⋯⋯誰拍的？怎可能呢！

42

我 YO 怪的回應：

這段短片，只是參考這個城市的學童，

以他們的功課量類推而計算出來的，我花了一段時間才能完成。

哈哈！原來居住在這個城市的父母，很關注學童的成績，

相信小朋友以優良成績畢業的話，

能為將來踏入充滿競爭的社會打好基礎。

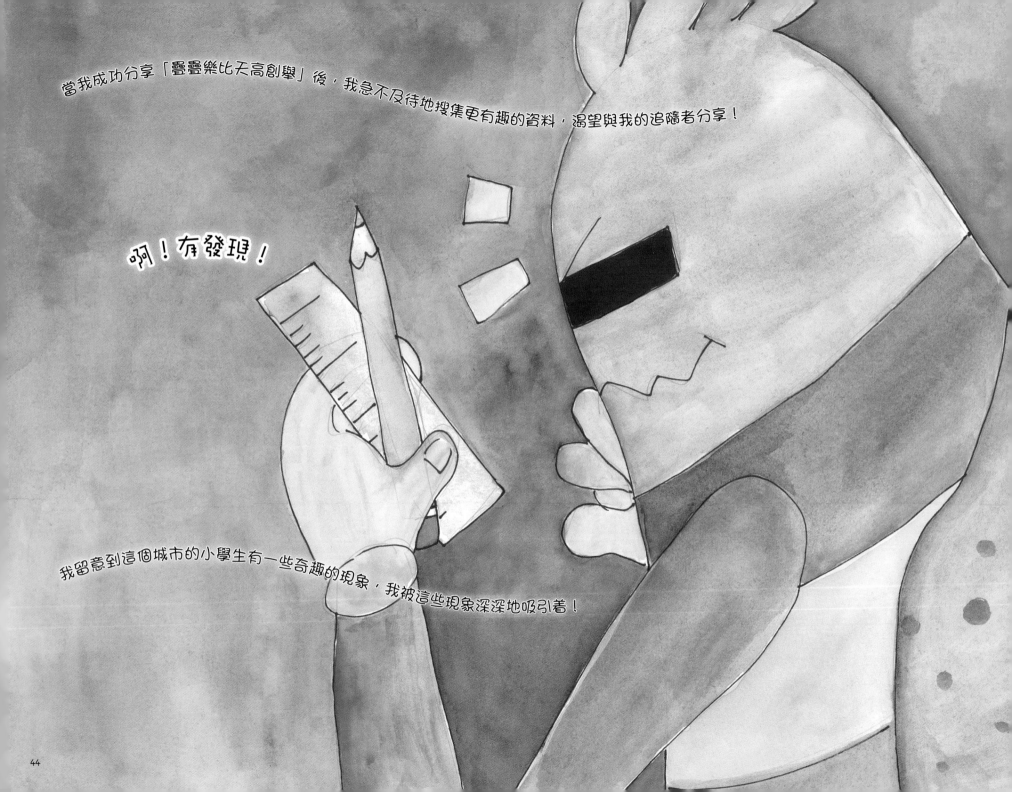

我發現小朋友很喜歡在上課的時候，會偷偷地取出自己的文具。

他們會透過豐富的想像力，利用各種的文具，來拼砌出自己的世界，例如：火箭、飛機……

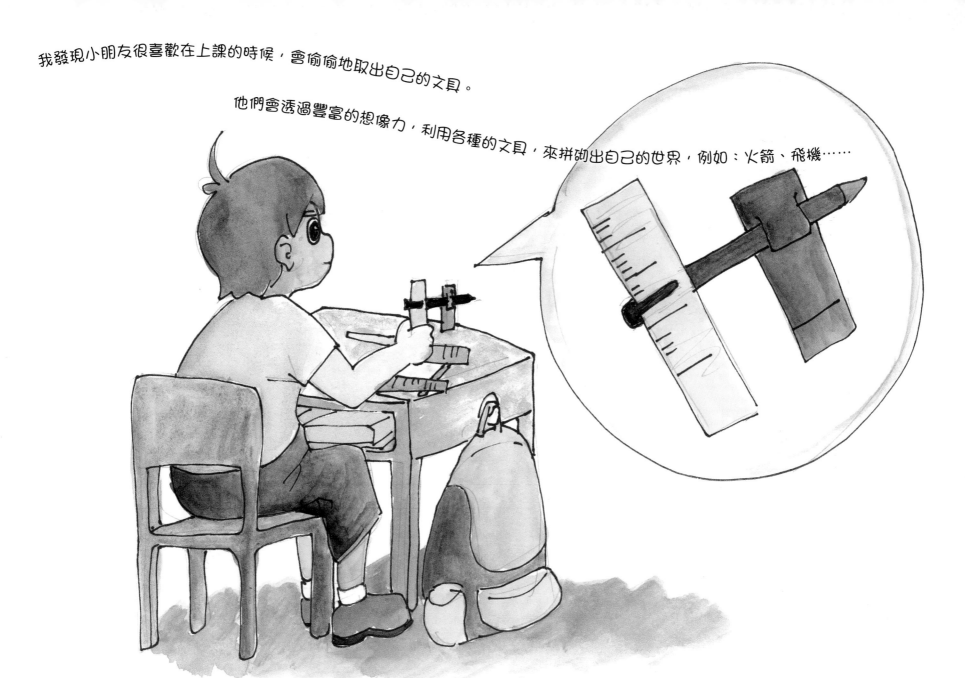

他們爭分奪秒，目的只有一個——玩！

小息的時候，小朋友若發現身邊有任何「寶物」，他們立即發揮出無限創意！

他們也喜歡和同學們一起玩撞擊遊戲……誰先撞掉別人的間尺或膠擦在地上，誰就勝出。

有時候，他們會偶爾遺失個人物品的，然後在校園裏到處尋找！

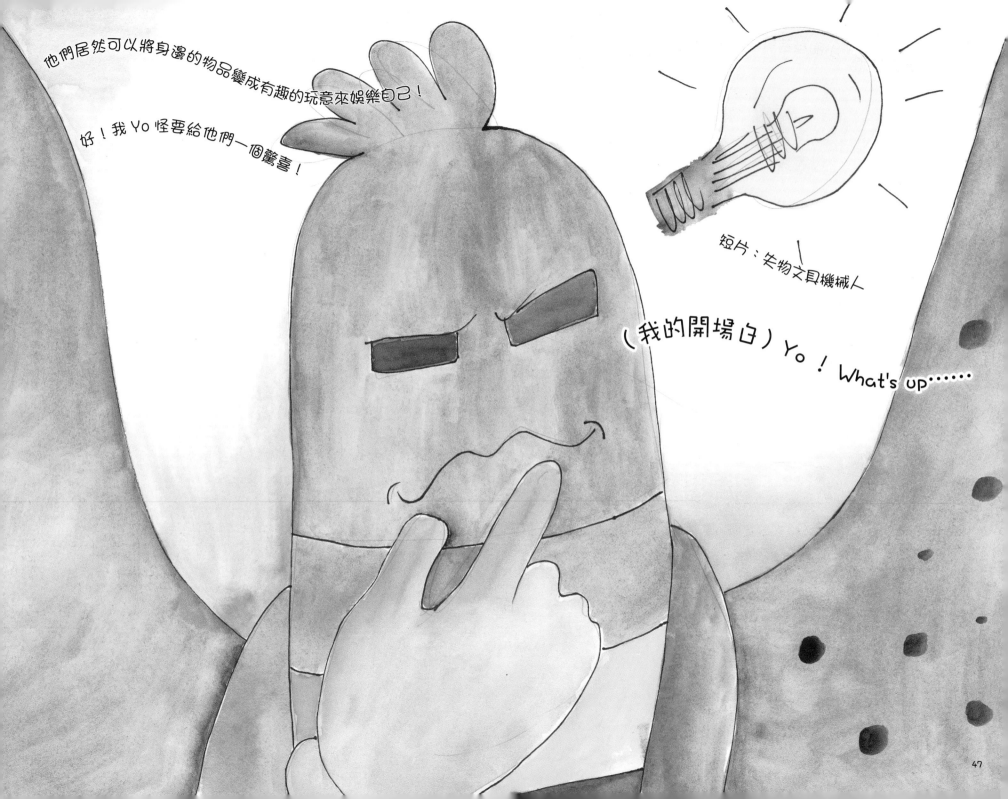

於是，我去了其中一間小學的「失物收集區」，利用我靈巧敏捷的兩雙小手，我發現在失物區裏的確有很多「寶物」，我借用了不同類型的失物，拼砌出一個巨型的機械人。

（我心想：為甚麼有如此多的失物？）

哈哈！這個機械人的外型，其實和我八尺的身高一模一樣呢！

樣子真酷！

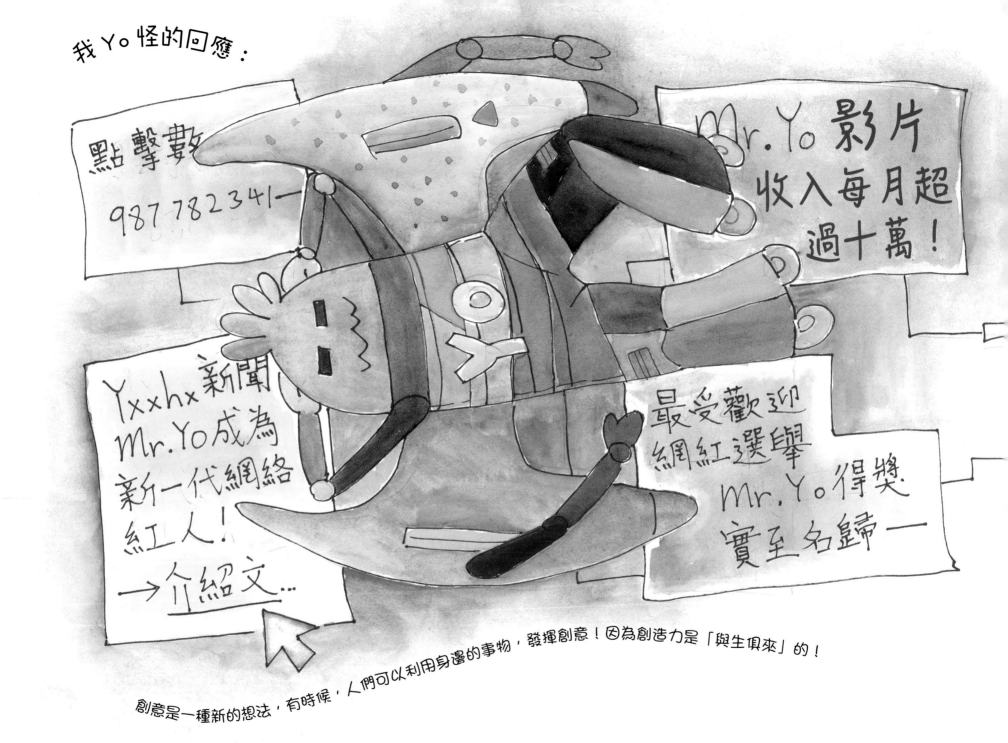

創意是一種新的想法，有時候，人們可以利用身邊的事物，發揮創意！因為創造力是「與生俱來」的！

最後，經過這次精心地拍攝不同類型的短片後，我從這個「旅程」中，意外地成為很多 Yo • Tuber 夢寐以求的

高點擊率、廣告商支持、分紅、有很多追隨者……地星人心中的網絡超級紅人！

於是，我把在「地星之旅」發生的事情，已經同步傳送至我的星球了！

地星人有了 Yo・Tube 之後，就算沒有我星球的特異功能，看上去和麡搏星人一樣，不用閉口溝通了！

在他們的網絡世界裏，真正厲害之處，是他們能穿越時空，能隨時隨地回到從前和創造未來的！

今次地星之旅，真是不枉此行！

咦！有新發現！

聽說地星的網絡世界中，最近又興起了「豆音」，看來抄襲不是麋博星人的專利吧！誰能看出「豆音」和「Yo • Tube」兩者之間的分別呢？

好！各位親愛的 Yo · Tuber，我要回魔博星了。後會有期！

後感一

　　我以「新人機不可失」、「疊疊樂比天高創舉」、「失物文具機械人」作為我的短片分享，成為「網路紅人」外，希望能引起大家的共鳴，喚起大家去關注一些社會現象。

　　我認為每一件事情，都存在着好與壞的一面，這些短片分享，其背後究竟隱藏著甚麼道理呢？哈哈！就交給大家去想想吧！

　　對我 YO 怪來說，最大的得著不單是成功當了 Yo · Tuber，而是學習如何活得「平衡」，這才是大學問。

YO 怪

後感二

　　看到「Yo·怪」的誕生，我覺得很開心！想不到自己畫的怪物能成為故事主角，並和我喜歡成為 YouTuber 這個願望結合，能創作出一個有趣的故事，我覺得很好玩！

　　自從我接觸 YouTube 後，裏面有很多東西都吸引着我，並知道要學好英語。於是，我在某天晚上向媽媽說：「媽媽，我想補習英文！」

　　媽媽對我的要求感到很驚訝，她說：「其他小朋友都是家長要求才上補習班的，為什麼你自己要求去呢？」媽媽以為我因為升中將近感到壓力。我說：「媽媽，因為我喜歡看 YouTube，而很多短片是來自世界各地的，大部分都是以英語為主，而我也想成為 YouTuber，所以我想學好英文，能夠明白短片的內容。」

　　藉此感謝愛我的家人，一直明白和支持我，給我空間做自己感興趣的事情！

　　我愛你們！

江朗丞

後感三

　　初聽到繪本的題材時，心裏已很雀躍，能有幸參與當中，更是欣喜若狂。由十歲小孩創造的一個角色開始，而展現的一連串故事，當中充滿著的幻想空間是最吸引人的地方。我非常喜歡小孩子發揮的創意，他們想法毫無框框，原始直覺而起的率真坦白，許多時反倒給大人們提醒。一隻小小外星「Yo」怪，啓發了我們去反省現今智能科技的洪流，視像文化的影響力，也叫我們開始注意下一代新的想法。世代不斷交替，運轉時來之下，誰人去捕捉和把握機遇？我們在這鼓熱潮下，角色和任務如何分擔呢？希望這個故事能活潑地呈現出一個世代交融下，共襄盛舉的一刻。

繪師　江苑盈

「Yo·怪」設計的靈感來源

　　平日，我喜歡觀看一位很受歡迎的 YouTuber 短片，他曾經與觀眾分享過他的頻道有 70 萬名訂閱者，在他的短片中他是男主角，他會用「Yo！」作為口頭禪，我覺得他很有型有款！

　　有一天，當我在工作室上課時，導師說今次的創作專題是畫怪物，當時，我想要畫一隻很酷的外星生物！導師說我要為它改一個名字的，我立即聯想到這位 YouTuber 的口頭禪，於是為我的怪物起名為「Yo·怪」！

　　我對這個角色覺得很滿意！能創造出屬於自己的作品和大家分享！

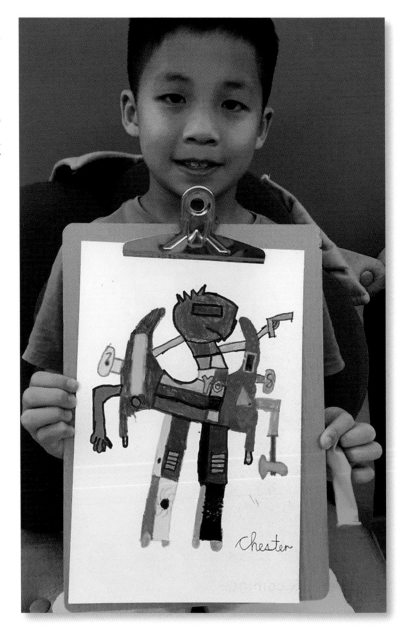

 Adventure of Creativity

「盡情創造，讓創造領導未來。」

我們的信念：
我們相信每一位孩子皆擁有天賦的創造力，鼓勵孩子大膽個人創作而不設限制，相信其風格及獨創性能造就孩子的未來。
讓創造力成為知己，在逆境中滿有自信，從藝術中得到快樂，自我完善，終身受益。

我們的使命：
在創作過程中尋找真我，建立自信。
營造正向的情緒，培育藝術修養及審美觀。
以專題形式進行創意培育，透過融匯音樂、觀賞大自然、欣賞文學作品等主題，探討不同藝術文化，貫通藝術方面的多元視野，
激發思考、想像力、創造力。

f facebook.com/AC69G

我要做「Yo」Tuber

作　　　者 ： 余麗嘉
角 色 設 計 ： 江朗丞
繪　　　師 ： 江苑盈
校　　　對 ： 王琼鈺　黃嘉欣
編　　　輯 ： Cherry
封 面 設 計 ： Steve
排　　　版 ： Leona
出　　　版 ： 博學出版社
地　　　址 ： 香港香港中環德輔道中 107-111 號
　　　　　　　余崇本行 12 樓 1203 室
出 版 直 線 ： (852) 8114 3294
電　　　話 ： (852) 8114 3292
傳　　　真 ： (852) 3012 1586
網　　　址 ： www.globalcpc.com
電　　　郵 ： info@globalcpc.com
網 上 書 店 ： http://www.hkonline2000.com
發　　　行 ： 聯合書刊物流有限公司
印　　　刷 ： 博學國際
國 際 書 號 ： 978-988-79344-1-7
出 版 日 期 ： 2019 年 7 月
定　　　價 ： 港幣 $108

 facebook.com/globalcpc